W0398093

- En cadeau -

LA VERSION AUDIO DU LIVRE

COMMENT ÇA MARCHE ?

1

Téléchargez l'app

Quelle Histoire

2

Déverrouillez

votre livre

3

Écoutez

votre histoire

Disponible sur App Store

DISPONIBLE SUR Google Play

Application compatible toutes tablettes et smartphones
à partir de iOS 8 et Android 4.4.

Quelle Histoire

Édition et conception : Unique Heritage Editions SAS. 141, boulevard Ney 75018 Paris
Illustrations : Bruno Wennagel, Mathieu Ferret, Aurélie Verdon, Vittoria Macioci, Sophie D'Hénin, Mélanie Ayusawa, Aurélien Fernandez
Textes : Patricia Crété
Édition : Leslie-Fleur Picardat
Direction artistique : Kagna Toung
Maquette : Laure Després

Siège social : 141, boulevard Ney 75018 Paris

www.quellehistoire.com

Fabriqué par Labelfab / Imprimé en France par Stin Imprimerie - Toulouse

Dépôt légal mai 2021

Loi n°49-956 du 16 juillet 1949 sur les publications destinées à la jeunesse

PEFC 10-31-2841

FABRIQUÉ EN FRANCE

MYTHOLOGIE
LES HÉROS GRECS

SOMMAIRE

HÉLÈNE

LA GUERRE DE TROIE

LA NAISSANCE

Une drôle d'histoire que cette naissance ! Tu vas voir... Alors que Léda, la reine du royaume de Sparte, se baigne dans le fleuve Eurotas qui coule en Grèce, un cygne se pose auprès d'elle. C'est le dieu Zeus qui s'est déguisé. Elle est surprise et un peu inquiète, mais l'oiseau aux grandes ailes blanches ne lui fait aucun mal. Zeus et Léda s'unissent sur la rive du fleuve, puis le cygne rejoint l'Olympe, la demeure des dieux. La reine pond alors un œuf ! Soudain, il en sort deux bébés criards : une petite fille nommée Hélène, qui signifie « éclat du Soleil », et son jumeau prénommé Pollux.

I

LE SERMENT DE TYNDARE

Hélène a grandi et est devenue une belle jeune femme. De nombreux princes veulent l'épouser ! Son père adoptif, le roi Tyndare, est embêté. Qui choisir ? Il prend alors conseil auprès d'Ulysse, le roi d'Ithaque, qui aimerait bien, lui, épouser sa nièce Pénélope. Ulysse va lui donner une idée : convoquer tous les jeunes gens et leur faire prêter serment chacun leur tour. « Je m'engage à accepter le choix de Tyndare. Je m'engage aussi à venir au secours du mari choisi pour Hélène en cas de besoin », disent-ils. Et comme le roi l'avait promis à Ulysse, il va l'aider à épouser Pénélope.

II

LE MARIAGE AVEC MÉNÉLAS

Parmi les prétendants, c'est Ménélas qui est choisi. « C'est toi Ménélas, frère d'Agamemnon, que je prends comme époux », déclare Hélène. Le mariage donne lieu à de grandes fêtes. Des banquets sont organisés, ainsi que des jeux où l'on mesure sa force, son adresse et son courage. On vient de toute la Grèce pour assister à cet événement. Sparte est en joie ! Le couple mène une vie des plus heureuses au palais. La famille s'agrandit : Hermione, une petite fille, naît la première, suivie d'un garçon, Nicostrate.

Rien ne pourrait venir troubler cette harmonie...

III

LE JUGEMENT DE PÂRIS

Pendant ce temps-là, loin de Sparte, au mont Ida, le jeune berger Pâris, fils de Priam le roi de Troie, est choisi par Zeus pour régler une dispute entre déesses. Il s'agit de savoir qui est la plus belle entre Héra, Athéna et Aphrodite. Chacune tente de le séduire. Héra lui dit : « Je te promets de régner sur l'Asie et l'Europe. » Athéna renchérit : « Je te promets les plus grands succès guerriers. » Aphrodite prend la parole à son tour : « Moi, je te promets la plus belle des femmes. » Pâris n'hésite pas très longtemps. Il déclare qu'Aphrodite est la plus jolie des trois déesses et lui offre une pomme d'or.

IV

L'ENLÈVEMENT

Quelque temps plus tard, Aphrodite organise le départ de Pâris pour Sparte. Il arrive en tant qu'ambassadeur du roi de Troie et est reçu au palais par Ménélas. Tout se passe bien jusqu'au jour où le roi quitte la ville pour aller à un enterrement. Le prince rencontre alors Hélène et la promesse d'Aphrodite d'offrir à Pâris la plus belle des femmes se réalise. « Fuyons ensemble... ou je t'enlève », dit le Troyen. Hélène, sous le charme de cet homme si sûr de lui, décide de le suivre. Elle quitte son foyer et son royaume pour s'enfuir à Troie.

Lorsque Ménélas rentre à Sparte, Hélène a disparu.

V

LE DÉBUT DE LA GUERRE DE TROIE

Tous les chefs grecs, respectant le serment fait à Tyndare, se mobilisent. Aux côtés de Ménélas, ils vont aller libérer Hélène. C'est ainsi qu'est déclenchée la guerre de Troie qui va durer dix ans. Les grands guerriers sont là, comme Ulysse, Patrocle, Agamemnon et Achille. « Allez, en route… Il est temps de partir », s'écrie Ménélas. La flotte grecque, toutes voiles dehors, traverse les mers et débarque sur la plage au pied des hautes murailles de Troie. Les combats et les défaites s'enchaînent. Les déesses s'en mêlent : Aphrodite est du côté des Troyens, Athéna et Héra du côté des Grecs. Que faire ?

VI

LE DUEL ENTRE MÉNÉLAS ET PÂRIS

On décide d'organiser un duel entre Ménélas, le mari, et Pâris, l'amoureux. Le vainqueur pourra avoir Hélène auprès de lui. Les deux hommes, protégés par des boucliers et des casques à crinière, sont armés de longs javelots et d'épées garnies de clous d'argent. Ménélas, dont l'épée a été cassée, bondit sur Pâris, s'empare de la courroie de son casque et cherche à l'étrangler. « Je vais te tuer », hurle-t-il. Aphrodite fait alors tomber un épais brouillard et enlève Pâris qu'elle transporte en lieu sûr. Ménélas, déclaré vainqueur, devrait retrouver Hélène et la guerre se terminer, mais...

VII

LE « BOUILLANT ACHILLE »

Après le duel, Hélène refuse de quitter Pâris : « Non, non et non, je ne veux pas retourner à Sparte avec Ménélas. Je reste à Troie. » Une décision lourde de conséquences, car la guerre va continuer. Parmi les combattants grecs, Achille est l'un des meilleurs. On dit qu'il aurait tué plus de 70 Troyens ! Mais il a un gros défaut : il est coléreux, d'où son surnom de « bouillant Achille ». Peu importe, il se bat sans jamais reculer et semble invincible. Et c'est peut-être vrai, car quand il était bébé, sa mère l'a trempé dans le Styx, le fleuve des Enfers, en le tenant par un pied.

VIII

« PÂRIS DE MALHEUR »

Celui que son frère Hector a surnommé « Pâris de malheur », car il le rend responsable de cette guerre, est reparti au combat. Au plus fort de la bataille, il tire une flèche vers Achille, le touche au talon et le tue. C'était la seule partie de son corps qui n'avait pas été plongée dans le fleuve et qui était restée fragile, d'où l'expression « talon d'Achille » pour évoquer une faiblesse. Les Grecs font alors appel à Philoctète, un guerrier qui possède des flèches très spéciales... elles ne ratent jamais leurs cibles ! Et c'est ainsi que Pâris, touché par l'une d'elles, va mourir. Mais la bataille n'est pas finie...

IX

ULYSSE ET LE CHEVAL DE TROIE

Ulysse, le roi d'Ithaque, est parti, comme les autres princes grecs, à Troie pour libérer Hélène. S'il n'aime pas du tout les armes, il est très rusé... Comme les Grecs n'arrivent pas à s'emparer de la ville, il va avoir une idée géniale. « Nous allons construire un cheval en bois et nous nous cacherons dedans, dit-il aux chefs guerriers. Les Troyens, croyant qu'il s'agit d'un cadeau, vont ouvrir les portes de la ville et le faire entrer. » Sitôt dit, sitôt fait. Le cheval de bois est rapidement conçu par Épéios et c'est ainsi que les Grecs, Ménélas en tête, vont enfin s'introduire dans la cité.

X

LES REMORDS D'HÉLÈNE

Mais Hélène, qui se doute de quelque chose, manque de tout faire échouer en tentant de prévenir les Troyens de la présence des Grecs à l'intérieur du cheval. Heureusement, elle change d'avis et, tout de blanc vêtue, agite du haut des remparts un flambeau pour indiquer à ceux qui sont restés sur la plage que la voie est libre et qu'ils peuvent envahir la ville. Ménélas est d'abord très en colère contre Hélène. Mais lorsqu'il l'aperçoit, les yeux baignés de larmes, il lui pardonne. « Retournons à la maison. Je veux retrouver mon palais et mes enfants. » La guerre est enfin terminée !

XI

LE RETOUR À SPARTE

Ménélas et Hélène sont si pressés de rentrer chez eux qu'ils oublient de faire des sacrifices aux dieux, comme c'est la coutume. Et cela va leur causer des tas de problèmes ! Pendant trois ans, ils naviguent d'île en île, jusqu'aux côtes égyptiennes où se produit un terrible accident... Le capitaine de leur navire est mordu mortellement par un serpent, puis le bateau s'échoue sur une île au large d'Alexandrie. Le couple s'en sort miraculeusement, et Ménélas déclare : « Cette île s'appellera désormais Pharos, comme notre courageux capitaine. »

Un nom qui donnera bientôt le mot « phare ».

XII

HÉLÈNE LA MAGICIENNE

Le couple va rester cinq ans en Égypte, le pays des pharaons. C'est là-bas qu'Hélène rencontre Polydamna, qui serait l'épouse du roi égyptien Thon. Cette dernière connaît les herbes nécessaires aux potions magiques... Mais si certaines sont des remèdes, d'autres sont des poisons ! Hélène apprend auprès d'elle différentes recettes qu'elle appliquera à son retour en Grèce, comme cette potion qui permet aux hommes d'oublier la douleur et la colère. Après quinze années passées loin de chez eux, Hélène et Ménélas reprennent enfin le chemin de Sparte.

XIII

LA MORT D'HÉLÈNE

Le couple vit paisiblement… Mais à la mort de Ménélas, Hélène est chassée de Sparte par les fils de son mari, qui ne l'aiment pas du tout. Elle trouve refuge chez la reine Polyxo, à Rhodes, une petite île à l'est de la mer Égée. C'est là qu'elle meurt un beau matin. D'après la légende, elle est transportée à Leukè « la claire », une île nommée ainsi car elle est constituée de grès rose, presque blanc. Situé à l'embouchure du Danube, c'est un lieu paradisiaque où Hélène passera des jours heureux en compagnie d'autres héros de la guerre de Troie, comme Achille ou Hector.

XIV

LE SOUVENIR D'HÉLÈNE

Sa beauté est chantée par les poètes anciens, mentionnée par les historiens, saluée jusqu'à nos jours à travers des opéras, des films, des tableaux et même des pâtisseries ! Le peintre Gustave Moreau, au XIXe siècle, en fait son modèle favori. Jacques Offenbach crée *La Belle Hélène*, un opéra en trois actes donné pour la première fois à Paris en 1864. Et un cuisinier, Auguste Escoffier, invente un dessert à sa gloire : la poire belle Hélène. Alors, maintenant, quand tu le commanderas au restaurant, tu auras une pensée pour cette héroïne grecque dont tu connais enfin l'histoire.

XV

L'ÉPOPÉE D'HÉLÈNE

LÉGENDE DE LA CARTE

LEUVE EUROTAS (GRÈCE)

C'est sur les berges de ce petit fleuve grec, qui traverse Sparte, que naît Hélène après ı rencontre de sa mère et du cygne blanc.

SPARTE (GRÈCE)

Cette cité-État du Péloponnèse, où grandit Hélène, est connue pour l'éducation stricte des enfants, d'où l'expression « éducation à la spartiate ».

MONT IDA (TURQUIE)

Ses plus hauts sommets, le Cotyle et le Gargare, dépassent les 1 770 m. C'est là que se déroule la scène du « jugement de Pâris ».

TROIE (TURQUIE)

Heinrich Schliemann découvre, vers 1870, sur le site d'Hissarlik, les ruines d'une ville, l'antique Troie, patrimoine mondial de l'Unesco.

STYX (GRÈCE)

Cette source est connue pour ses propriétés toxiques. Est-ce là que la mère d'Achille a plongé son bébé pour le rendre invulnérable ?

ÎLE DE TÉNÉDOS (TURQUIE)

Aussi appelée Bozcaada, elle est située à l'entrée du détroit des Dardanelles. Ménélas et Hélène y font escale sur le chemin du retour vers Sparte.

ÎLE DE LESBOS (GRÈCE)

Escale de Ménélas et d'Hélène, cette île de la mer Égée est réputée depuis pour es vins, son bois et son narbre, d'un bleu clair incomparable.

GORTYNE (CRÈTE)

Cette ville, citée dans les récits mythologiques, possède quatre théâtres, des temples, un hippodrome. Ménélas et Hélène vont s'y arrêter.

ÎLE DE PHAROS (ÉGYPTE)

C'est là que s'échoue le bateau de Ménélas et d'Hélène au large d'Alexandrie. Ils baptisent l'île du nom de leur capitaine, qui donnera le mot phare.

NIL (ÉGYPTE)

Le plus long fleuve du monde, 6 700 km, se jette dans la Méditerranée. Ses eaux favorisent l'agriculture et permettent de naviguer.

RHODES (GRÈCE)

Hélène se réfugie dans cette ville après la mort de Ménélas. À l'entrée du port s'élevait un colosse, l'une des Sept Merveilles du monde.

ÎLE DES SERPENTS (UKRAINE)

Cette île de la mer Noire, appelée aussi Leukè, doit son nom aux couleuvres qui y vivaient. Hélène et Achille s'y seraient retrouvés après leur mort.

ULYSSE

L'ODYSSÉE

LA JEUNESSE D'ULYSSE

Sur l'île d'Ithaque, dans un palais situé en haut de la montagne, vivent le roi Laërte et sa femme, la douce Anticlée. Ensemble, ils ont un petit garçon. « C'est un bel enfant ! On l'a appelé Ulysse », raconte le grand-père Autolycos, le plus rusé des habitants du royaume. « Il ressemble beaucoup à son papa, il est brun avec des cheveux bouclés. Mais il a les yeux de sa maman. Je crois bien qu'il régnera à son tour sur ce pays de pêcheurs et de chasseurs. » Argos, le chien, accompagne Ulysse partout dans la campagne à la recherche de lapins et, parfois, de gros sangliers.

I

ULYSSE AMOUREUX

C'est sur cette île que grandit Ulysse, jusqu'à en devenir le roi. Un jour, le jeune homme se rend dans le royaume voisin de Sparte pour y rencontrer une princesse appelée Pénélope. Il la trouve magnifique et tombe amoureux d'elle. Il voudrait bien l'épouser, mais pour cela, il doit d'abord remporter un concours organisé par Icarios, le père de la jeune femme et le frère de Tyndare, le roi de Sparte. « Hourra, j'ai gagné ! crie-t-il. Je vais pouvoir me marier. » Et c'est ainsi que Pénélope devient la femme d'Ulysse et donne vite naissance à un petit garçon, Télémaque.

II

LA GUERRE DE TROIE

Bientôt, une guerre éclate car le prince de Troie, Pâris, a enlevé Hélène, l'épouse de Ménélas, le nouveau roi de Sparte. Tous les rois grecs, dont Ulysse, partent la libérer. Pourtant, Ulysse n'aime pas les armes. Et ce n'est pas un costaud comme les autres guerriers, tel Achille, réputé pour sa force. Mais il est malin. « Nous allons construire un cheval tout en bois et nous nous cacherons dedans, dit-il aux chefs guerriers. Les Troyens, croyant qu'il s'agit d'un cadeau, vont ouvrir les portes de la ville et le faire entrer. » Sa ruse est un succès... Et c'est ainsi que les Grecs s'introduisent dans la cité, jusqu'alors imprenable.

III

LES LOTOPHAGES

Après dix ans de guerre, les Grecs sortent vainqueurs. Chacun peut rentrer chez soi. « Enfin… Larguez les amarres ! Destination Ithaque. » Ulysse et ses amis s'arrêtent d'abord chez les Cicones, des guerriers menaçants. Puis chez les Lotophages, des gens doux et très gentils, qui se nourrissent de plantes qu'ils offrent aux voyageurs. « Ça a le goût du miel », dit l'un. « On dirait des lotus », dit l'autre. Ce sont bien des lotus, mais ils font perdre la mémoire. Très vite, plus un homme ne veut reprendre la mer, car ils ont oublié qui ils sont et où ils vont. Ulysse se fâche et doit les ramener de force sur les bateaux.

IV

LE CYCLOPE

Ulysse et ses hommes débarquent sur une île et découvrent des moutons dans une grotte. Alors qu'ils s'apprêtent à les manger, le propriétaire arrive… C'est Polyphème, l'un des Cyclopes, fils de Poséidon. En colère, il les fait prisonniers. Pour s'échapper, Ulysse a tout prévu… Il dit au Cyclope qu'il s'appelle « Personne » et lui fait boire du vin pour qu'il s'endorme. Puis il lui crève son œil unique et fait sortir ses amis en les attachant chacun sous un mouton. Quand le Cyclope, aveugle, se réveille, il pousse son troupeau dehors et libère les voyageurs sans s'en douter ! Et lorsqu'on demande à Polyphème qui l'a blessé, il répond : « Personne » !

V

LA TEMPÊTE DES VENTS

On retrouve la troupe dans un grand manoir, chez Éole, le dieu des Vents, qui vit là avec ses 12 enfants. Après avoir été choyés pendant un mois, il est temps de repartir. Éole dit à Ulysse : « Écoute-moi bien. J'ai emprisonné tous les vents violents dans cette outre. Une brise vous poussera chez vous. Surtout, ne l'ouvre pas ! » Alors qu'apparaît au loin Ithaque et qu'Ulysse part se reposer, des marins découvrent l'outre : « Que contient-elle ? Du vin ? Des pièces d'or ? Ouvrons-la pour savoir ! » Et ce qui devait arriver arriva... Les vents s'échappent et les navires sont emportés vers le large.

VI

CIRCÉ LA MAGICIENNE

À peine délivrés d'un horrible géant, de la tribu des Lestrygons, les marins débarquent sur un îlot magnifique. Quelques hommes partent en expédition et rencontrent la maîtresse des lieux : la magicienne Circé. « Vous devez avoir faim et soif après un si long voyage. Tenez, buvez ce délicieux mélange de vin, de lait et de miel. » Mais les hommes qui boivent le breuvage se transforment en cochons... C'est la panique chez les marins ! Avec l'aide d'Hermès, Ulysse va les secourir et va obliger Circé à leur redonner leur aspect humain. Ils vont alors passer des jours heureux auprès d'elle.

VII

LES ENFERS

Sur les conseils de Circé, Ulysse part pour les Enfers trouver le devin Tirésias qui lui prédira son avenir. Les hommes débarquent au pays des Cimmériens, où le soleil ne se lève jamais. Là, Ulysse creuse un grand trou, d'où il a une vue plongeante sur le royaume des morts : il voit ses amis tués à Troie, sa mère Anticlée et, surtout, Tirésias. L'aveugle de Thèbes, qui a gardé tout son esprit, lui dit : « Ne t'inquiète pas. Tu rentreras sur Ithaque et retrouveras ta douce Pénélope, ainsi que ton fils Télémaque. Mais le chemin sera difficile et tu perdras tes amis. Toi seul réussiras. » Ulysse retourne alors à son navire.

VIII

LES SIRÈNES

Circé, la magicienne, a aussi dit à Ulysse de faire bien attention aux Sirènes qui se cachent dans les falaises d'une île voisine. Ces horribles femmes-oiseaux chantent des mélodies très douces, qui révèlent les prophéties d'Hadès, pour envoûter les marins et faire échouer leurs navires sur les rochers. Ulysse est curieux, mais aussi très futé. Il dit à ses marins : « Attachez-moi au mât et bouchez-vous les oreilles avec de la cire. Comme cela, j'écouterai pendant que vous naviguerez, et nous ne ferons pas naufrage. » Cette astuce permet à Ulysse et ses compagnons de poursuivre leur route.

IX

CHARYBDE ET SCYLLA

Surgissant de chaque côté du détroit de Messine, situé entre l'Italie et la Sicile, deux terribles créatures montent la garde : Charybde, qui avale et recrache des tonnes d'eau trois fois par jour, et Scylla, qui a six gueules de chiens et des pattes griffues. Le navire, toutes voiles dehors, se dirige vers Charybde et passe juste au moment où elle recrache l'eau bouillonnante. Ouf ! Ulysse et ses compagnons n'ont pas été engloutis. Mais à cet instant, Scylla jette ses six têtes sur les six meilleurs marins qu'elle dévore... Quelle horreur ! Les hommes continuent leur route, tristes d'avoir perdu leurs amis.

X

L'ÎLE DU SOLEIL

Voici l'île du dieu Soleil et ses superbes bœufs tout blancs ! Comme les hommes n'ont plus rien à manger, ils décident de tuer une ou deux bêtes. Ulysse les met en garde : « Le dieu Soleil a mauvais caractère et ne veut pas que l'on touche à son troupeau. On raconte aussi que les steaks, une fois cuits, continuent de meugler. » Mais ses hommes ne le croient pas et font un feu pour cuire la viande. Quand soudain, ils entendent : « Meuh, meuh ! » Le Soleil aussi a entendu… Furieux, il demande à Zeus, le roi des dieux, de détruire le navire quand les marins repartiront. Un éclair, la foudre… Seul Ulysse survivra.

XI

LA NYMPHE CALYPSO

Pendant des jours, accroché à un morceau de bois, Ulysse dérive. Il arrive ainsi dans l'île d'Ogygie où vit une belle nymphe appelée Calypso, qui tombe amoureuse de lui dès qu'elle le voit ! Mais Ulysse ne peut oublier sa famille et son royaume. « Calypso, il faut que tu comprennes... La vie ici est agréable, mais ma femme et mon fils me manquent. Ils doivent se demander si je suis encore vivant. Il faut que je retourne chez moi. » La nymphe fait la sourde oreille, jusqu'au jour où elle reçoit la visite d'Hermès, qui lui demande de laisser partir Ulysse. Le cœur lourd, elle regarde son radeau s'éloigner...

XII

LA COLÈRE DE POSÉIDON

Poséidon, pour venger l'agression de son fils Polyphème, déclenche une violente tempête. Tandis qu'Ulysse, secoué par de grosses vagues, va se noyer, Ino, la déesse de l'Écume, vient à son secours. Sain et sauf, il s'échoue sur une plage de l'île des Phéaciens, un peuple de riches marchands. Invité au palais du roi, où l'on prend soin de lui, il raconte ses aventures : « Je suis le roi d'Ithaque. Il y a longtemps, j'ai pris la mer pour aller combattre à Troie et je n'ai qu'une envie : rentrer à la maison. » Alors un des navires du roi va le conduire à son île natale, qu'il atteint au petit matin.

XIII

LA RUSE DE PÉNÉLOPE

Pendant ce temps-là, au palais d'Ithaque, Pénélope attend Ulysse, son mari. Les années ont passé et nombreux sont ceux qui lui disent de se remarier. Mais elle est certaine qu'il va revenir. Comment faire ? « Je choisirai un nouvel époux quand j'aurai fini de tisser ce grand drap dans lequel mon beau-père sera enterré. » Pour gagner du temps, elle ruse : elle tisse dans la journée et, la nuit, défait son travail. Comme cela, le drap ne sera pas terminé avant le retour d'Ulysse ! Mais une servante découvre son stratagème... Pénélope n'a plus le choix, elle doit se marier à nouveau.

XIV

LE CONCOURS

Ne voyant pas une voile à l'horizon, Pénélope organise un grand concours de tir à l'arc pour départager les nombreux hommes qui veulent l'épouser. « Je prendrai celui qui sera le plus habile », dit-elle. Un mendiant que personne ne connaît s'inscrit au concours. Quand il gagne, le public est surpris ! L'ancienne nounou d'Ulysse et le chien Argos sont les premiers à reconnaître le voyageur. « C'est lui, c'est notre maître ! » Pénélope, heureuse, s'élance et tombe dans ses bras. Télémaque son fils, parti à sa recherche, ne tarde pas à les rejoindre.

La vie peut alors reprendre son cours. « Vive le roi d'Ithaque ! »

XV

L'ODYSSÉE D'ULYSSE
1
2
3
4
5
6
7
8
9
10
11
12

LÉGENDE DE LA CARTE

ITHAQUE (GRÈCE)

C'est une île de $96\ km^2$ qui compte aujourd'hui 3200 habitants. C'est là qu'est né Ulysse.

TROIE (TURQUIE)

Cette ville, entourée de hautes murailles, se situe au nord de l'actuelle Turquie.

DJERBA (TUNISIE)

C'est en Tunisie qu'on situe la terre des Lotophages, mangeurs de lotus.

BAIE DE NAPLES (ITALIE)

Ce golfe d'Italie, proche du volcan Vésuve, compte des îles dont l'une abrite les Cyclopes.

STROMBOLI (ITALIE)

Ce volcan fait partie des îles Éoliennes, situées au nord de la Sicile. C'est là que vit Éole.

MONT CIRCÉ (ITALIE)

Cette colline de calcaire, de 541 m de hauteur, doit son nom à la magicienne Circé.

MISÈNE (ITALIE)

Le cap Misène s'ouvre sur la mer Tyrrhénienne. C'est là que se situent les Enfers.

LES GALLI (ITALIE)

Cet archipel d'îles est situé sur la côte Amalfitaine. Il abrite les terribles sirènes.

MESSINE (ITALIE)

L'étroit passage du détroit de Messine est gardé par les deux monstres Charybde et Scylla.

SICILE (ITALIE)

La plus grande île de Méditerranée abrite les bœufs sacrés du dieu du Soleil.

GOZO (MALTE)

C'est sur cette petite île proche de Malte qu'habite la belle nymphe Calypso.

CORFOU (GRÈCE)

Cette île grecque de la mer Ionienne s'appelle à l'origine Corcyre. Elle abrite les Phéaciens.

HERCULE

LES DOUZE TRAVAUX

L'ENFANCE D'HERCULE

C'est à Thèbes, en Grèce, que vivent Alcmène et son mari Amphitryon. Un jour, Zeus, le roi des dieux, prend la forme d'Amphitryon pour séduire Alcmène... De cette union va naître un petit garçon : Hercule. Fils d'une mortelle et d'un dieu, il est doté d'une force incroyable. Une nuit, alors qu'il dort aux côtés de son demi-frère Iphiclès, deux serpents se faufilent dans leur berceau... Iphiclès est terrorisé, mais Hercule n'est pas du tout impressionné. Il s'empare des deux reptiles et les étrangle ! Bientôt, Héra, l'épouse de Zeus, apprend l'existence de l'enfant... Terriblement jalouse, la déesse va tout faire pour embêter notre héros tout au long de sa vie.

I

UNE JEUNESSE TUMULTUEUSE

En grandissant, Hercule apprend le maniement des armes. S'il est indiscipliné, il est aussi très puissant... À 18 ans, il mesure plus de deux mètres ! Le temps passe, il se marie et devient papa. Mais un jour, pris d'un coup de folie sous l'influence de Héra, il s'en prend à sa femme et à ses enfants. Plein de remords, il va rencontrer la Pythie, l'oracle de Delphes, cette femme choisie par les prêtres qui parle au nom des dieux et prédit l'avenir. Elle lui dit : « Tu as commis une grave erreur. Voilà ta punition : tu vas te mettre au service de ton cousin Eurysthée, le roi de Mycènes. Il va te mettre à l'épreuve. Allez, va ! »

II

1RE ÉPREUVE
LE LION DE NÉMÉE

Eurysthée ordonne à son cousin de réaliser douze épreuves : ce sont les douze travaux d'Hercule. Le héros se rend d'abord à Némée, où vit un lion dont la peau est si dure que le fer ne peut la transpercer. L'animal effraie les habitants : il dévore les troupeaux et les enfants. Hercule, lorsqu'il le voit, tire une volée de flèches, qui rebondissent sur le fauve. Puis il utilise sa massue qui se brise. Alors, il décide de prendre la bête à bras-le-corps et de l'étrangler, ce qu'il réussit à faire tant sa force est « herculéenne ». Fier, il rapporte la peau du lion à son cousin, avant de la revêtir pour se protéger.

III

2^{E} ÉPREUVE

L'HYDRE DE LERNE

L'hydre est un monstre à neuf têtes. À chaque fois qu'on en coupe une, elle repousse en double… Un vrai problème pour Hercule ! Recouvert de sa peau de lion pour éviter les morsures, il se rend à côté de la ville d'Argos où vit la créature, près d'un marais. Notre héros tente de couper les têtes de l'hydre, mais celles-ci croissent à une vitesse terrifiante. Alors, Hercule appelle son neveu Iolas à l'aide : « Tu vois ces branchages ? Allume-les et, dès que j'ai coupé une tête, brûle la cicatrice. Comme cela, elle ne repoussera pas… » Forts de cette ruse, les deux hommes viennent à bout de cette horrible bête.

IV

3e ÉPREUVE

LE SANGLIER GÉANT D'ÉRYMANTHE

Cette espèce d'immense cochon sauvage habite les forêts du mont Érymanthe, situé au nord-ouest de l'Arcadie. Hercule doit rapporter l'animal vivant à son cousin. Après un long et périlleux voyage, le voilà enfin arrivé dans la région où vit le sanglier. « Il va falloir être malin, car je ne dois pas le tuer », pense-t-il. Il a alors l'idée de creuser un trou dans la neige et de pousser l'animal dans le piège… Et celui-ci s'épuise pour en sortir ! Cette astuce permet à notre héros de l'attraper, l'enchaîner et le rapporter sur son dos à Mycènes, chez son cousin.

V

4e ÉPREUVE

LA BICHE DE CÉRYNIE

Eurysthée demande ensuite à Hercule de lui ramener un nouvel animal : une biche qui vit dans son repaire de Cérynie. Elle est belle avec ses cornes d'or, ses sabots d'airain (une sorte de cuivre), son pelage tacheté... Et, surtout, elle est d'une extrême rapidité. Artémis, la déesse de la Chasse, est fascinée par l'animal. Lorsqu'elle apprend qu'Hercule a réussi à la capturer, elle lui dit : « Promets-moi de la libérer quand tu l'auras montrée à ton cousin. » Eurysthée souhaite la mettre dans sa ménagerie, mais Hercule tient parole et libère la biche qui s'enfuit dans la campagne.

VI

5^{E} ÉPREUVE

LES OISEAUX DU LAC STYMPHALE

En Arcadie, au bord d'un lac, vit une multitude d'oiseaux étranges : leurs becs, leurs pattes et leurs ailes sont en bronze. Ils se servent de leurs plumes acérées pour tuer les habitants et les animaux. Hercule doit tous les éliminer ! Il prend position sur une colline toute proche pour pouvoir lancer ses flèches. Mais comment faire fuir les oiseaux ? C'est alors qu'Athéna, déesse de la Guerre et de la Sagesse, apparaît et lui tend une petite cloche de bronze. Notre héros la secoue... Devant le bruit épouvantable, les oiseaux s'envolent. Hercule tire et parvient à abattre la plupart des volatiles.

VII

6E ÉPREUVE

LES ÉCURIES D'AUGIAS

Augias, le roi d'Élis, est l'homme le plus riche de la Terre. Ses étables abritent des centaines de taureaux et de vaches. Mais elles n'ont pas été nettoyées depuis des années. L'odeur est épouvantable ! Hercule doit tout remettre au propre en une journée seulement, une épreuve que tous disent impossible... Et pourtant ! Iolas vient en aide à son oncle : « Nous allons faire un trou dans le mur des étables et détourner le cours des deux ruisseaux qui passent à côté de la ferme... En un rien de temps, tout sera propre sans avoir à balayer ! »

Encore une fois, Hercule réussit son épreuve.

VIII

7ᴱ ÉPREUVE

LE TAUREAU CRÉTOIS DE MINOS

Toute la Grèce célèbre Hercule, dont les six premiers travaux sont devenus des exploits incontestés. Eurysthée, très jaloux, décide alors d'envoyer son cousin en Crète, où règne le roi Minos. Une créature ravage l'île et notre héros doit la capturer. « Je suis bien content que tu sois venu nous débarrasser de ce taureau à la force incroyable », lui dit le souverain. À mains nues, Hercule attaque la bête... Après un long combat, il arrive à la neutraliser. Enchaînée, elle est transportée à Mycènes, preuve une nouvelle fois qu'Hercule est le plus fort et le plus courageux de tous les Grecs.

IX

8^{E} ÉPREUVE

LES JUMENTS DE DIOMÈDE

Cette fois, notre héros part pour la Thrace, chez Diomède, un roi cruel qui règne sur le peuple des Bistones et qui garde dans ses écuries quatre juments, mangeuses d'hommes. Elles se prénomment Dinos, Lampon, Podargos et Xanthos. Hercule va devoir les attraper. Aidé de son ami Abdère, fils du dieu Hermès, il parvient à les capturer. Malheureusement, les terribles créatures dévorent le compagnon d'Hercule ! Fou de désespoir, ce dernier s'empare du roi, qu'il donne à manger à ses propres juments... Enfin rassasiées, elles se laissent conduire à Mycènes sans trop de résistance.

X

9^E^ ÉPREUVE

LA CEINTURE D'HIPPOLYTÉ, REINE DES AMAZONES

Cap vers la terre des Amazones. Le voyage en bateau est pénible... Après plusieurs jours en mer, l'équipage arrive dans le port de Thémiscyre, où vit la reine Hippolyté qu'Hercule doit approcher pour s'emparer de sa ceinture. La reine, tombée sous le charme du héros, lui dit : « Je te donne cette ceinture en signe d'amour. » Tout aurait pu bien se terminer, mais c'était sans compter sur la jalousie de Héra qui organise un complot dont Hippolyté est la victime. Les Amazones s'attaquent alors à Hercule et ses hommes qui s'enfuient.

Heureusement, ils repartent avec la fameuse ceinture.

XI

10^{E} ÉPREUVE

LE TROUPEAU DE GÉRYON

Direction l'île d'Érythie où Hercule doit s'emparer du troupeau de bœufs du monstrueux roi Géryon, qui a trois têtes, six bras et trois corps ! Il voyage par le sud, à travers l'Afrique et, pour signaler son passage vers l'Europe, il frappe de toutes ses forces sur le sol, ce qui provoque un fort tremblement de terre. Cela crée une ouverture de la mer Méditerranée – le détroit de Gibraltar – et deux montagnes, nommées Colonnes d'Hercule. Après avoir envoyé des flèches dans chacune des têtes de Géryon, il capture le troupeau et commence le chemin du retour, par le nord.

XII

11E ÉPREUVE

LES POMMES D'OR DU JARDIN DES HESPÉRIDES

C'est dans un beau jardin que pousse le pommier aux fruits d'or, gardé par les Hespérides, filles du Titan Atlas. Quand Hercule le rencontre, Atlas dit : « Je suis le seul à pouvoir aller au jardin et ramener les pommes d'or. Il faut que tu portes le Ciel à ma place. » Hercule accepte, mais Atlas, qui a récupéré les pommes, serait ravi de le laisser porter le Ciel. Le héros comprend qu'il va devoir ruser : « Je garderai le Ciel, mais peux-tu me remplacer le temps que je protège mes épaules pour ne pas me blesser ? » Atlas accepte. Hercule en profite alors pour ramasser les fruits, et file vite les rapporter à son cousin.

XIII

12^E ÉPREUVE

LE CHIEN CERBÈRE

Voici la dernière épreuve d'Hercule : se rendre dans les Enfers pour attraper son gardien, le chien Cerbère. C'est au cap Ténare, au sud de la Grèce, qu'il emprunte le tunnel qui mène sous terre. Il y rencontre Hadès, le dieu des Morts, et lui dit : « Je suis venu pour enlever Cerbère. » Celui-ci répond : « Pourquoi pas, mais à condition que tu n'utilises aucune arme. » Le marché est conclu. Hercule suit les traces de la bête, la trouve et réussit à l'immobiliser. Puis il la ramène à Mycènes, mais Eurysthée, terrifié, lui ordonne de la renvoyer aux Enfers et de quitter la ville… pour toujours.

XIV

LES DERNIÈRES ANNÉES

Notre héros a terminé ses douze longues et pénibles épreuves. Il va maintenant pouvoir se reposer ! Il se remarie, fonde une nouvelle famille et a de nombreux enfants. Mais il n'est toujours pas sage... Sa femme, Déjanire, lui fait revêtir un manteau enduit d'une potion censée le rendre fidèle. Mais elle l'empoisonne involontairement et le tue... Zeus arrive avec son char et enlève notre héros pour rejoindre l'Olympe, le domaine des dieux. Hercule accède à l'immortalité et épouse Hébé, la déesse de la Jeunesse. Il est désormais fidèle et son histoire devient connue dans le monde entier.

XV

LE PARCOURS D'HERCULE

LÉGENDE DE LA CARTE

1

NÉMÉE
(GRÈCE)

Ce lieu est connu pour avoir été un centre religieux important. Hercule y a vaincu un terrible lion.

2

LERNE
(GRÈCE)

Cette zone marécageuse se situe dans le Péloponnèse. Notre vaillant héros y a affronté l'hydre.

3

MONT ÉRYMANTHE
(GRÈCE)

Situé dans une région boisée, ce mont se dresse à 2 000 m d'altitude. Hercule y a pris au piège un sanglier.

4

CÉRYNIE
(GRÈCE)

C'est une ville, mais aussi une colline, au nord-ouest du Péloponnèse. Hercule y a attrapé une splendide biche.

5

STYMPHALE
(GRÈCE)

Des ruines antiques témoignent du passé de cette ville. Notre héros y a abattu des oiseaux faits de bronze.

6

ÉLIS
(GRÈCE)

Cette cité, située au Péloponnèse, organisait les Jeux olympiques. Hercule a dû y nettoyer les écuries du roi Augias.

7

CRÈTE
(GRÈCE)

Cette île, située au sud de la Grèce, est réputée pour son huile d'olive. C'est ici qu'Hercule s'est mesuré à un taureau.

8

THRACE
(GRÈCE)

Cette région se partage aujourd'hui entre la Bulgarie, la Turquie et la Grèce. Hercule y a capturé les juments du roi Diomède.

9

THÉMISCYRE
(TURQUIE)

Cette ville située en Cappadoce devait se localiser près de la ville de Terme. Hercule y a rencontré les Amazones.

10

CADIX
(ESPAGNE)

L'île légendaire d'Érythie serait située non loin de la ville de Cadix. C'est là qu'Hercule se serait emparé du troupeau de Géryon.

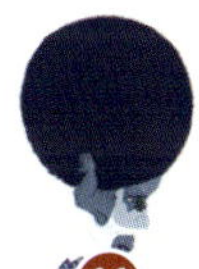

11

GIBRALTAR
(EUROPE-AFRIQUE)

Deux promontoires, les Colonnes d'Hercule, se font face : le mont Calpé en Europe et le djebel Musa en Afrique. C'est ici que vivent les Hespérides.

12

CAP TÉNARE
(GRÈCE)

On l'appelle aussi cap Matapan. Il se situe tout au sud de la Grèce. Hercule s'y est rendu pour aller aux Enfers et battre Cerbère.

THÉSÉE

ET LE MINOTAURE

LES SECRETS DE SA NAISSANCE

Malgré ses deux premiers mariages, Égée, le roi d'Athènes, n'arrive pas à avoir d'enfants. Il va alors consulter une devineresse, la Pythie de Delphes. Puis, c'est une magicienne nommée Médée qu'il va voir. Celle-ci l'envoie à la cour du roi de Trézène, dont la fille Éthra est, paraît-il, très jolie. Bientôt, la jeune femme annonce qu'elle attend un bébé... Égée est heureux ! Son trône menacé, il doit rentrer à Athènes, mais avant de partir il cache sous un rocher une épée et des sandales d'or, et dit à la future maman que, lorsque l'enfant sera en âge de soulever la pierre, elle pourra lui dire qui est son père.

I

UNE ENFANCE CHOYÉE

Thésée grandit à la cour du roi de Trézène, son grand-père. C'est un petit garçon rusé, intelligent, courageux... et chouchouté. Il est élevé comme un prince ! Un jour, sa mère le conduit devant le fameux rocher où son père avait caché des objets. Il réussit à le soulever. « C'est formidable, mon fils ! », dit-elle en l'applaudissant. Elle lui révèle alors qu'il est le fils du roi d'Athènes et que cette épée et ces sandales sont là pour le prouver. Il les récupère et part pour Athènes rejoindre ce père inconnu. C'est un long trajet, plein de péripéties, que tu vas découvrir...

II

PLUS FORT QUE TOUS

La route est longue et dangereuse pour se rendre de Trézène à Athènes. Thésée rencontre des monstres, des brigands, de drôles d'animaux, mais tous sont vaincus par l'intrépide jeune homme ! Il bat d'abord Périphétès, un géant dont il prend la massue d'airain, un alliage de cuivre. Puis il tue Sinis, un autre géant qui rançonnait les voyageurs. Vient ensuite le tour de la truie d'une vieille femme, qui dévorait les enfants de la région... Rien ne lui résiste ! Enfin, il s'attaque au lutteur Cercyon, puis encore à un géant, juste avant d'arriver à destination.

III

L'ARRIVÉE À ATHÈNES

Thésée s'est arrêté dans un temple à Delphes pour offrir sa chevelure au dieu Apollon, signe du passage de l'enfance à l'âge adulte. Sa coupe de cheveux, très particulière, devient à la mode chez les Grecs qui la nomment même « la théséide ». C'est ainsi que le jeune homme se présente au roi d'Athènes, sans révéler sa véritable identité. Si Égée se pose des questions et a quelques soupçons, Médée, la magicienne devenue son épouse, est certaine qu'il s'agit de Thésée. Elle est magicienne, non ? Et cette arrivée ne lui plaît pas du tout, car elle est très jalouse !

IV

LE TAUREAU DE MARATHON

Médée décide donc de faire tuer le jeune Thésée afin de conserver le pouvoir pour elle et son fils, Médos. Elle l'envoie à Marathon, à une quarantaine de kilomètres d'Athènes, combattre un puissant taureau qui terrifie depuis longtemps la population. Cette affreuse bête, qui souffle du feu par ses naseaux, n'est autre que le taureau crétois de Minos, capturé par Hercule lors de sa 7e épreuve ! Médée espère que Thésée n'en reviendra pas... Mais il réussit l'exploit de ramener le taureau vivant à Athènes et le sacrifie à Apollon, devant les Athéniens en liesse et le roi enthousiaste...

V

ÉGÉE RECONNAÎT SON FILS

Médée est furieuse : non seulement Thésée a vaincu le taureau, mais il est salué comme un héros. « Cela ne se passera pas comme ça ! » marmonne-t-elle. La magicienne affirme à Égée que le jeune homme est un imposteur venu pour lui prendre sa place ! Elle organise un banquet en son honneur, bien décidée à l'empoisonner. Au cours du festin, Thésée sort son épée pour découper la viande et son père reconnaît l'arme : c'est celle qu'il a cachée sous un rocher, tu te souviens ? Pas de doute, Thésée est son fils. Il en fait son héritier, chasse Médée et remercie les dieux.

VI

LE TRIBUT AU ROI MINOS

Il existe au cœur de la Crète un terrible monstre : le Minotaure. Cette bête, mi-homme mi-taureau, se nourrit de chair humaine. Depuis qu'Égée a fait tuer le fils du roi crétois, Minos, et selon les accords de paix entre les deux royaumes, Athènes doit envoyer en Crète, tous les 9 ans, 7 jeunes garçons et 7 jeunes filles pour nourrir la créature. Cette obligation s'arrêtera, dit le traité, à la mort du Minotaure. Thésée est vraiment choqué en apprenant cela… Alors il décide de se glisser parmi les jeunes gens offerts en sacrifice et promet de tuer la bête.

VII

LE MINOTAURE ET LE LABYRINTHE

La naissance du Minotaure est une bien étrange histoire : il est né des amours de Pasiphaé, la femme du roi Minos, et du taureau qu'a capturé Thésée à Marathon et qu'il a sacrifié au dieu Apollon à Athènes ! La bête vit dans une sorte de palais, qui a plein de couloirs et dont il est impossible de sortir... Ce labyrinthe a été construit par Dédale, un brillant architecte, sur ordre de Minos. Mais comment va faire Thésée, une fois à l'intérieur avec les 13 autres jeunes gens, pour tuer l'horrible créature et pour trouver le chemin de la sortie... Tu as une idée ?

VIII

LE FIL D'ARIANE

Dédale, l'architecte, avait donné à Ariane, la fille du roi Minos, la solution pour ne pas se perdre dans le labyrinthe : dérouler un fil de laine en entrant, puis le suivre pour ressortir. En arrivant en Crète, Thésée rencontre la jeune femme. Lorsqu'elle aperçoit Thésée, elle tombe immédiatement amoureuse ! Il lui promet de l'épouser si elle l'aide, alors elle court chercher le fil de laine, et lui explique comment faire. Après avoir tué le Minotaure au fin fond de son antre, Thésée trouve facilement la sortie et libère ses compagnons.

Notre héros, grand vainqueur, peut rentrer à Athènes...

IX

LES JEUX DE DÉLOS

Sur la route du retour, Thésée s'arrête à Délos et y donne des fêtes en l'honneur d'Apollon, dieu de la Beauté masculine, de la Musique et de la Poésie, à qui il croit devoir sa victoire sur le Minotaure. Des jeunes filles dansent en imitant le vol de la grue selon un itinéraire compliqué qui retrace les détours du labyrinthe. Des concours de musique, des courses de chevaux et des rencontres de gymnastique sont organisés, et pour la première fois de l'histoire, le vainqueur reçoit une palme comme récompense. Thésée et ses amis s'amusent après l'épreuve qu'ils ont vécue !

X

LA MORT DU PÈRE

Thésée reprend finalement la mer. Après un long voyage, Athènes est enfin en vue. Avant de partir, il avait promis à son père que s'il était vainqueur du Minotaure, les voiles de son navire seraient blanches. Mais, dans l'excitation du retour, il a complètement oublié cette promesse et ce sont les voiles noires du départ qui flottent au vent... Que va-t-il se passer ? Le roi Égée, qui surveille l'horizon, est terriblement malheureux en voyant les voiles sombres. Croyant que son fils est mort, il n'hésite pas une seconde et se jette dans la mer... qui porte désormais son nom.

XI

LE ROI D'ATHÈNES

Thésée devient donc le seul maître d'Athènes. Il est très triste car, à cause de son étourderie, son père est mort. Alors, il va tout faire pour que son royaume reste en paix et que son peuple soit heureux. Il crée des lois et regroupe les villes indépendantes du royaume pour mieux les protéger. Il fait aussi bâtir de superbes édifices sur l'Acropole où se réunissent régulièrement les représentants des habitants, qu'il répartit en trois classes : les nobles, les laboureurs et les artisans. Comme tu peux le voir, c'est un roi bienfaisant. Mais Thésée se sent seul et il aimerait un héritier !

XII

LE MARIAGE DE THÉSÉE

Il est temps pour Thésée de fonder une famille. Il décide d'épouser Antiope, la reine des Amazones, un peuple de redoutables femmes guerrières qui vivent en communauté. On raconte qu'il leur arrive de se couper un sein pour pouvoir mieux tirer à l'arc ! Bientôt, la jeune femme lui donne un fils nommé Hippolyte. Les Amazones, qui comptent dans leur rang la sœur d'Antiope, n'acceptent pas leur union et envahissent le royaume. La bataille a lieu à Athènes. Les combats sont violents. Thésée remporte la victoire, mais son épouse meurt à ses côtés. Notre héros est inconsolable.

XIII

LE COMBAT AVEC LES CENTAURES

Malgré la tristesse d'avoir perdu sa femme, voilà Thésée parti au mariage de son ami Pirithoüs, le roi des Lapithes. Les dieux, les voisins et la famille, dont ses cousins les Centaures, mi-hommes mi-chevaux, ont été invités à la noce. Mais le banquet, qui avait pourtant bien commencé, tourne mal... Les Centaures, qui ont bu beaucoup trop de vin, attaquent la mariée, Hippodamie ! Thésée, accompagné de son ami, se précipite à son secours, disperse les assaillants dans la campagne et remporte finalement la victoire.

Quelle soirée ! Cette scène figure sur le Parthénon à Athènes.

XIV

LA FIN D'UN HÉROS

Thésée se remarie avec Phèdre, la sœur d'Ariane, mais les dernières années de sa vie ne sont pas heureuses... Son fils Hippolyte meurt jeune, puis, à cause d'un coup d'État, il est chassé d'Athènes, la ville qu'il aime tant. C'est à la cour du roi Lycomède, sur l'île de Skyros, qu'il meurt en tombant d'une falaise alors qu'il se promenait. Ses reliques sont transférées à Athènes dans le temple d'Héphaïstos, plus connu sous le nom de Théséion. Dès lors, les Athéniens font de Thésée leur grand héros national. Et tu comprends pourquoi maintenant que tu connais son histoire !

XV

LES AVENTURES DE THÉSÉE

LÉGENDE DE LA CARTE

ATHÈNES (GRÈCE)

La capitale de la Grèce attire les touristes en raison de ses monuments antiques. Thésée en sera le roi.

DELPHES (GRÈCE)

Ce site est connu pour son sanctuaire où parlait la fameuse Pythie, qu'Égée, le père de Thésée, venait consulter.

TRÉZÈNE (GRÈCE)

Cette cité du Péloponnèse est connue pour ses agrumes et ses figues. Thésée y a passé son enfance.

ÉPIDAURE (GRÈCE)

Thésée s'est arrêté dans ce site célèbre pour ces médecins qui soignaient dans le sanctuaire d'Asclépios, le dieu guérisseur.

ISTHME DE CORINTHE (GRÈCE)

Sur une largeur de 6 km, cette bande de terre relie le Péloponnèse à la Grèce continentale. Thésée y a fait escale.

ÉLEUSIS (GRÈCE)

Située sur le golfe de Salamine, la ville abritait le brigand Cercyon qui terrorisait les habitants. Thésée réussit à le vaincre.

MARATHON (GRÈCE)

Faire un marathon rappelle l'exploit d'un messager qui relia la plaine de Marathon à Athènes, en 490 av. J.-C. Thésée y capture un taureau.

CRÈTE (GRÈCE)

Cette île de la Méditerranée voit naître le dieu Zeus et abrite le fameux Minotaure. Plusieurs sites se disputent le labyrinthe.

DÉLOS (GRÈCE)

Cette petite île de la mer Égée est célèbre pour ses jeux et compétitions sportives, que Thésée a organisés pour la première fois.

MER ÉGÉE (MÉDITERRANÉE)

Cette mer du bassin méditerranéen, entre la Turquie et la Grèce, doit son nom au père de Thésée, le roi Égée, qui y a trouvé la mort.

MONT OLYMPE (GRÈCE)

C'est la plus haute montagne de Grèce. Elle faisait partie du royaume de Pirithoüs. Thésée y a combattu les Centaures.

SKYROS (GRÈCE)

En grande partie montagneuse, cette île de la mer Égée est connue pour son miel et ses fruits. Thésée y meurt en tombant d'une falaise.

DÉCOUVREZ LES BEAUX LIVRES

Mythes & Légendes

Complétez votre collection sur

WWW.QUELLEHISTOIRE.COM